CLASSIC

摆渡船当代世界儿童文学金奖书系

冬日的蟋蟀

〔美〕菲利斯·赫尔曼 著　　〔美〕罗宾·托马斯 绘　李冉 译

北京出版集团
北京少年儿童出版社

版权合同登记号
图字：01-2011-1801

图书在版编目（CIP）数据

冬日的蟋蟀 /（美）菲利斯·赫尔曼著 ；（美）罗宾·托马斯绘 ；李冉译. — 2版. — 北京 ：北京少年儿童出版社，2023.7（2024.6重印）
（摆渡船当代世界儿童文学金奖书系）
书名原文：The Cricket Winter
ISBN 978-7-5301-6468-6

Ⅰ. ①冬… Ⅱ. ①菲… ②罗… ③李… Ⅲ. ①儿童小说—长篇小说—美国—现代 Ⅳ. ①I712.84

中国版本图书馆CIP数据核字（2022）第237352号

摆渡船当代世界儿童文学金奖书系
冬日的蟋蟀
DONGRI DE XISHUAI
[美]菲利斯·赫尔曼 著
[美]罗宾·托马斯 绘
李冉 译

＊

北 京 出 版 集 团 出版
北 京 少 年 儿 童 出 版 社
（北京北三环中路6号）
邮政编码：100120
网 址：www.bph.com.cn
北京少年儿童出版社发行
新 华 书 店 经 销
河北宝昌佳彩印刷有限公司印刷

＊

880毫米×1230毫米 32开本 3印张 40千字
2023年7月第2版 2024年6月第3次印刷
ISBN 978-7-5301-6468-6
定价：22.00元
如有印装质量问题，由本社负责调换
质量监督电话：010-58572171

捧起厚厚的漂亮

梅子涵

你已经是一个十来岁的小孩了吗？那么你应该捧起一本厚厚的文学书了。是的，厚厚的文学书，一个长长、曲折的故事，白天连着黑夜，艰难却有歌声嘹亮。

当你捧起，坐下，打开，一页页翻动，一章章阅读，你竟然就很酷很帅，你是那么漂亮了！

因为你捧着了文学。因为你有资格安安静静读一个长长的文学故事。你走进它第一章的白天的门，踏进第二章夜晚的院子，第二十章……最后从一个光荣的胜利、温暖的团聚、微微惆怅的失去里……

走出来。亲爱的小孩，你知道这也是一种光荣吗？文学的文字给了你多么超凡脱俗的温暖亲近。你是在和情感、人格、诗意团聚呢！而这一切，对于一个没有资格阅读的小孩和大人，又是多么惆怅的缺丧，如果他们连这缺丧也感觉不到，那么就算是真正的失去了，失去了什么？失去了生命的一个重大感觉，失去了理所当然的生命渴望。

我知道，你会说："我听不懂你说的！"可是我确定，你阅读了一本本厚厚的文学书，阅读过长篇小说以后，就会渐渐懂了。因为到了那时，你生命的样子更酷更帅更漂亮了，你闪烁的眼神里满是明亮。

我真希望我是一个和你一样的小孩，我就开始捧起一本厚厚的文学书，我要读长篇小说了！

目录

献给所有我爱的人——菲利斯·赫尔曼

献给我的父母——罗宾·托马斯

如果一只蟋蟀想和谁真心交流……比如，某个男孩……只要他努力用心，就有可能实现。本书就讲了一只用心的蟋蟀的故事。

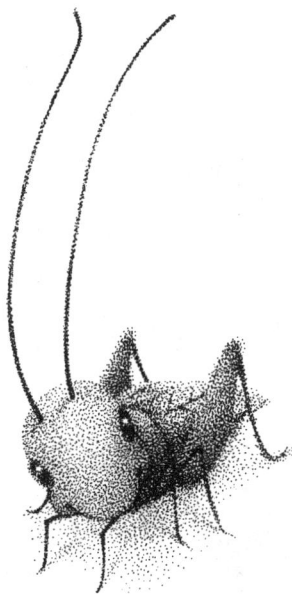

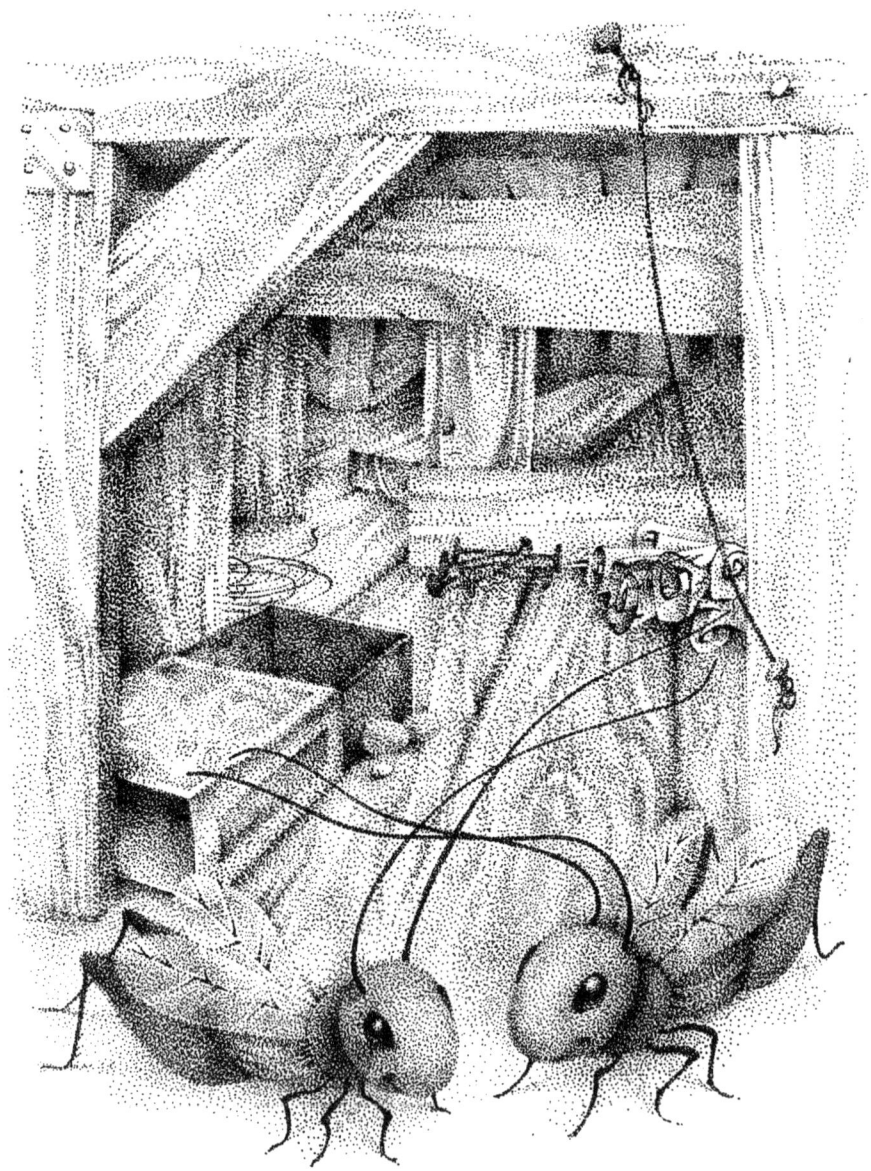

第1章　关于这只蟋蟀

蟋蟀小巧又伶俐，是大自然创造的富有诗意的精灵。而一只坠入爱河的蟋蟀会多愁善感，会为爱陶醉。无论如何，他在恋爱中表现得非常完美。

这只蟋蟀没有自己的名字，和其他蟋蟀一样，都属于昆虫纲直翅目蟋蟀科。他恋爱了，开始给未来的新娘准备新房。

新房的位置很棒，在一栋整洁舒适的住宅下面。实际上，这栋住宅太整洁了，如果不是地基上有一条小裂缝的话，蟋蟀连新房的入口都找不到。

把蟋蟀的新房称作一栋房子好像不太准确，因为对于一只蟋蟀来说，这栋房子太大了，足以称得上一座大厦。大厦的天花板很高，室内通风良好，温暖如春，走廊和卧室都很宽敞。在深秋的日子里总能听到蟋蟀的歌声，因为他正快乐地为未婚妻准备新房。

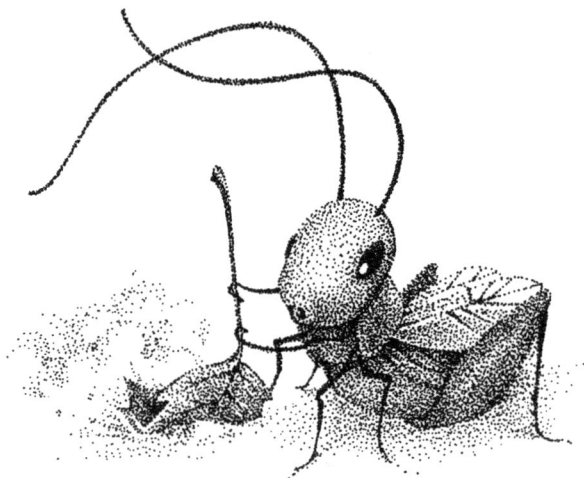

然而，烦恼总是不期而至。在将来如何教育孩子的问题上，蟋蟀和他的未婚妻产生了严重的分歧。

未婚妻说："一定要严格教育我们的孩子，态度可以温和，但必须严格。让他们从小就规规矩矩、胸怀大志。"

蟋蟀听后既震惊又难过，说："这样做不对！孩子们应该自由自在地快乐成长，该是什么样就是什么样，顺其自然，他们会找到自己的目标和生活方式的。"

未婚妻说："不！永远都不可以这样！我已经决定了。你不要不切实际，生活是残酷的。我不想让孩子们像你一样。"

他们吵得越来越凶，最后未婚妻跺了跺脚，跑回娘家了。她的父母住在车库的阁楼里。

蟋蟀孤零零地回到新房，他很孤独、很忧伤，为逝去的爱唉声叹气。他无法说服自己去把未婚妻接回来，可能他的未婚妻也一样。

有一天晚上下雪了，不一会儿，积雪就把蟋蟀新房的入口堵住了。

第2章　关于这个男孩

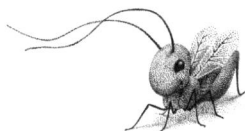

一个九岁男孩，相当聪明，如果有人愿意用心倾听他的想法，他会滔滔不绝。然而事与愿违，人们通常不会对一个九岁男孩的想法感兴趣，甚至会充耳不闻、完全忽略。即使有些大人愿意听，他们也总是匆匆忙忙的，不会真正把他的话放在心上。这种情况可不怎么样。

这个男孩叫西姆斯·希尔维纳斯，可他更喜欢别人叫他约翰。西姆斯对北极探险的兴趣远远超过妈妈对烘焙的热爱，他关于活火山的知识也远远胜于爸爸的生意经，而且他还懂得很多关于电磁体的知识，比班里其他同学知道得都多。更棒的是，西姆斯具有很强的创造力，创新发明的想法令人惊叹。然而，没有人愿意听他的想法。人们总是在西姆斯还没有说完的时候就打断他，或者假装在听，实际上什么也没听进去。有天晚餐前，西姆斯的爸爸在谈论股市暴跌的情况，西姆斯又说起了他的新奇想法，然后爸爸就发火了。

如果西姆斯的妈妈没做罐头芦笋汤，可能后面的一切都不会发生。西姆斯的爸爸本来就是个脾气暴躁的人，因为股市暴跌心情不佳，更不巧的是他看到了一只耗子！这使他暴跳如雷，不停地追打耗子。西姆斯家的储藏室里放满了喂鸽子的碎玉米和其他鸟食，西姆斯的爸爸在那儿放了很多捕鼠器，设置了各式各样的诱饵。本以为耗子已经全都被消灭了，没想到还有。他彻底崩溃了。

"又有耗子钻进来了，肯定又咬破了一袋玉米。"西姆斯的爸爸说完，喝了一口汤，又继续说道，"西姆斯他妈，罐头芦笋汤不是真正的芦笋汤。"

"你不是喜欢芦笋汤吗？"妈妈说。

"我是喜欢芦笋汤，但不是罐头芦笋汤！"

妈妈看上去很委屈。"这是《女士观点》杂志推荐的菜谱，他们说罐头芦笋汤搭配鱼或鸡肉，口感会很棒。"她的声音听起来很紧张。

"好吧，我很抱歉。"西姆斯的爸爸说，接着就是一阵沉默。

西姆斯感觉到他说话的时候了："我考考你们，如果给电线通上电，再把一块磁铁放在旁边，会发生什么？"

"西姆斯！"爸爸吼道，"今天晚上不要再让我听到任何关于磁铁的事！"

"但我还没说完呢！"西姆斯抱怨道。

"下次再说吧。"妈妈说。

"我不嘛！如果改变电流的方向，你们知道会发生什么吗？"

"西姆斯！难道你没听到我说的话吗？现在回你的房间去，一晚上都不许出来。"爸爸说。

蟋蟀一个令人喜欢的特点是他们不会消沉。他们在难过时不会让别人也跟着自己难过。他们会振作精神，调整心态。在一般人看来，一只失恋的蟋蟀和一只恋爱中的蟋蟀没什么差别。对于失恋的蟋蟀来说，只有他自己才知道心里的痛苦。

另一边，西姆斯正在生闷气，他对爸爸妈妈失望透了。被关在房间的感觉就像从阳光灿烂的花园一下到了伸手不见五指的山洞，西姆斯憋得难受，只能靠踹东西、砸枕头来发泄。他非常希望有一个伙伴，这个伙伴经历丰富却有一颗年轻的心，能同情他、理解他、倾听他，以他需要的方式来爱他。然而，一切发泄的方式都没有用。西姆斯扫了一眼自己的房间，想找点事做。

西姆斯决定做一台发报机。这个决定将会改变他和那只蟋蟀的生活。

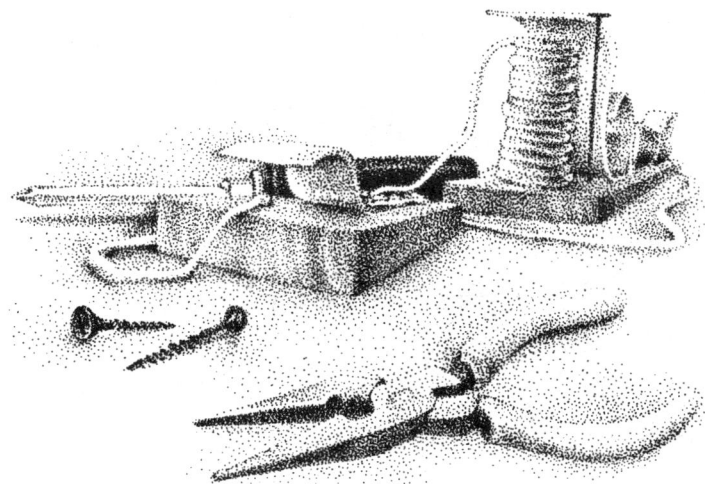

第3章 交流的方式

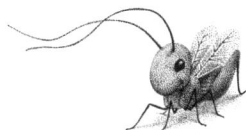

在蟋蟀住进西姆斯家最初的几个星期里，他每天都在地板下面思考和反省。虽然他很孤独，但住得很舒服。房间里生了火，所以蟋蟀的新家也不冷。地板下面还有盖房子时留下的一些碎木块和刨花，这些东西不仅让蟋蟀住得温暖舒适，有些甚至还可以作为食物。蟋蟀很想念他的未婚妻，他不喜欢孤零零地生活。因此，当听到地板上面有说话声时，蟋蟀就会跳到谈话者所在的地板下方仔细倾听。

最初蟋蟀并不明白每个词的意思，但声音的抑扬顿挫、语调的微妙变化、语气的轻重缓急都向他传递着不同的含义。蟋蟀非常有灵性，没多久就能理解那些不断重复出现的声音和语调的意思了。到了十二月，蟋蟀已经大致了解地板上面这个家庭的情况了，对某些事情甚至了如指掌，但也有不知所以的。

蟋蟀听到了西姆斯爸爸暴跳如雷的声音，了解了他的担忧焦虑，知道他恨透了耗子；还听到西姆斯妈妈充满慈爱的安慰和西姆斯焦躁不安的话语。当然，他也听到了西姆斯提出的那些没完没了的想法，比如在雪地上建一座有顶的桥，这样爸爸就不用总去铲雪了。爸爸很讨厌铲雪，可他对这个主意一点儿兴趣也没有。西姆斯还说过一个很酷的点子——制作自动搅拌勺。西姆斯对妈妈说："把一个大勺子连接在留声机旋转的唱盘上，当你去做别的事情时，勺子就可以自动搅拌。"妈妈很感谢他，可是并没有采纳这个建议。

罐头芦笋汤事件之后的某个晚上，西姆斯开始用一种蟋蟀更容易理解的语言说话。实际上，这种语言更像是蟋蟀的语言，音节都是轻快简短的"喔瞿瞿"声。

"喔瞿瞿""嘁嘁""窸窸窣窣"，不管怎么形容吧，蟋蟀的叫声都是由翅膀发出的。他一边的翅膀长着锉刀状的翅膜，另一边的翅膀长着较硬的翅膜，这两个部位相互摩擦，就能发出悦耳的声音了。

蟋蟀不知道西姆斯是怎么发出这种声音的，他从没见过长着翅膀的孩子，可西姆斯的确发出了这种声音。西姆斯先用人类的语言大声说一遍，然后翻译成类似于蟋蟀的语言。蟋蟀非常用心地听着。

其实，西姆斯是在自学莫尔斯电码。他从字母练起。他大声说："A。"然后在发报机上敲出一点一画，即一个短音和一个长音。接着是"B"，要敲一画三点。

就这样过了很多天，西姆斯学会了所有的莫尔斯电码。当然，蟋蟀也学会了。

第 **4** 章　耗子登场

人们总是简单地认为，自己生活的世界就是整个世界或唯一的世界。西姆斯也一样，他只知道自己生活的圈子，并不知道在地板下面还有一个蟋蟀的世界。

对蟋蟀来说，尽管他知道地板上有一个人类的世界，但并没有意识到地板下还存在其他生命。

一天晚上，蟋蟀正在西姆斯的房间下面休息，听着西姆斯敲击发报机的声音。突然，一个毛茸茸、脏兮兮的东西从他的左边蹿了出来，蟋蟀认出那是一只耗子。耗子横冲直撞地穿过蟋蟀的房间，撞倒了堆得整整齐齐的刨花垛，扑腾起好多灰尘。总之，他把蟋蟀的家弄得又脏又乱。

蟋蟀又惊讶又气愤，但他更加好奇。"天哪！"蟋蟀想，"之前我怎么从来没见过他？这下面竟然还住着别的动物！我得看看他要到哪里去。"于是蟋蟀不再听莫尔斯电码，而是一蹦一跳地跟在耗子后面。

耗子从一楼房间底下穿过，随后在两面墙之间突然向下，转入一间漆黑的地下室，那里放着一个炉子。耗子有些犹豫，他像要过马路似的先左右看了看，自言自语了些什么，然后冲进炉子后面的一个角落。蟋蟀等了一会儿，也跟了过去。他小心翼翼地，并不想跟着耗子到漆黑的角落里去，但好奇心和孤独感驱使着他继续前进。蟋蟀跳到炉子后面，却发现耗子不见了。

"他没有别的地方可去呀。"蟋蟀很疑惑，"到炉子后面只有这一条路，如果他出来了，我会看到的。

他肯定就在这儿。"于是，蟋蟀在地下室的地板上跳来跳去，仔仔细细地检查每一个角落。最后，他把搜寻重点锁定在墙壁底部。原来，墙壁的一块石头凸了出来，正好挡住了后面的一个小洞。蟋蟀往里瞅了瞅，洞里漆黑一片，什么也看不见。他勇敢地把头伸进洞里，仍然没有看到那只耗子。但他发现里面其实不是一个洞，而是一条地道，而且从地道的另一头传来了说话的声音。那不是人类的声音，而是动物们交谈的声音。蟋蟀

"孤身一虫"跳进了地道。

地道不是很长，弯弯曲曲的，大概有十八英尺[①]，里面漆黑、潮湿、寒冷。蟋蟀对地道另一头的动物一无所知，这让他的神经高度紧张。快到地道另一头的时候，他慢慢地向前移动，随时做好往回撤的准备。他把身体压低，小心翼翼地探出头。

真是惊喜！与设想的种种恐怖景象正相反，蟋蟀看到的是令他非常愉快的场面。好几种他熟悉的动物生活在一起，这里可以说是"动物小区"。

那是阳光房下面的一个小小浅浅的地窖。地面是泥土地，和花园里一样，房子的墙基是地窖的墙壁，木地板是地窖的顶部。在地窖的一角还有一个小水坑。这里给蟋蟀的感觉是非常干燥、舒适的，只是温度比他喜欢

----

① 约为 5.5 米。

的要低一些。

地道入口高出地面几英寸①，蟋蟀可以很清楚地看到整个"动物小区"的情况。在它的左边，也就是挨着地窖西墙边的地方，是老鼠一家，看上去温馨美满。鼠妈妈正在哄几只鼠宝宝睡觉，他们躺在用稻草和几块布头做成的小床上，小床就安在阳光房地基的横梁上。这时，鼠爸爸恰好从另一个角落的小洞里钻进地窖。他爬上横梁，把一些葵花子放进一个食物储藏柜里。柜子里面还放着其他食物，蟋蟀看不清是什么，但肯定是老鼠喜欢吃的。这是一个整洁舒适的家。鼠爸爸放好食物后，从横梁上爬下来，在客厅里来回踱步。

距离小水坑不远的一个角落里，一大窝蚂蚁正在忙碌着。蚂蚁们好像有干不完的活，一直忙个不停。其实，他们这样做是为了让庞大复杂的家族动起来。蚂蚁们的家隐藏在墙后面，那里有很多房间，入口就在地面

①　1 英寸 ≈ 0.025 米。

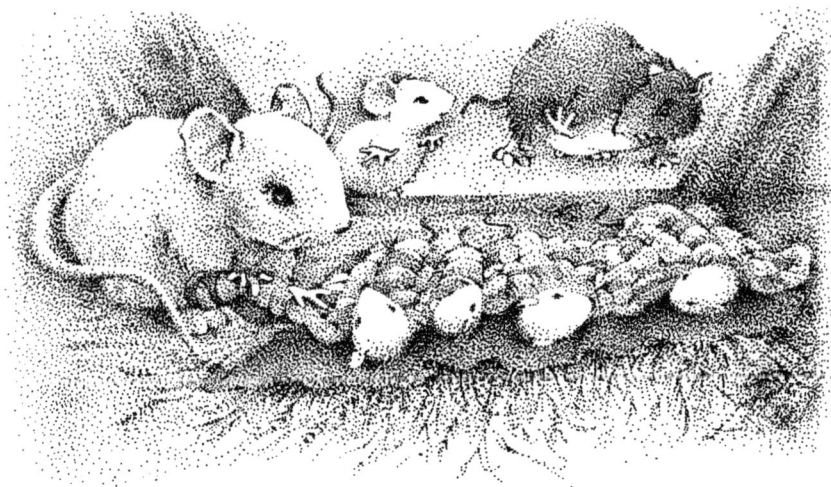

上。蚂蚁们过着繁忙、紧张、有序的生活。

地窖的另一边，一只鼹鼠正在墙壁里睡觉，看起来就像壁龛里的一尊雕塑。她就像是在那儿被雕刻出来的，尺寸刚刚好。实际上，她是在挖地道时恰好挖到了那儿，然后就住了下来。

在鼹鼠的上方有一张蜘蛛网，网就结在角落的横梁上。一只大蜘蛛趴在网中央。

这时，那只耗子笨拙地爬了过来，在老鼠一家的门口夸夸其谈："他们放了两个捕鼠器，一个放得高，一个放得低，即使是傻子也能发现，何况我这么聪明。"他狂妄自大地晃了晃身子，抓了抓身上乱蓬蓬、脏兮兮的毛，继续说道："我发现了一袋新鲜的土豆和一条可以安全回来的新路。"

"在哪儿？怎么发现的？"鼠爸爸问。

"啊哈！"耗子打了个哈欠算是回答，然后他抖了抖身子，伸了伸爪子，爬过鼠妈妈晚上刚刚清扫过的地面，一头倒在他那乱糟糟的破布堆里打起了呼噜。耗子睡觉的地方就在地道口的正下方。

没人能数清地球上有多少只老鼠，数量肯定十分巨大。如果每只鼠都被叫作"老鼠"，很容易就把人搞糊涂了。家鼠要做的就是保持自己的个性，用行动证明他们是唯一能被叫作"老鼠"的动物，这也是鼠爸爸和鼠妈妈在努力实现的。事实上，除了那只耗子，鼠爸爸和鼠妈妈以及他们的孩子才是这栋房子里仅有的鼠类。虽然他们没有明确否认，但也从来没有承认过那只耗子与他们是同类，他们称他"异类"。

"那个'异类'是只真正的耗子！"鼠妈妈厌恶地

说，她用尾巴打扫着刚才被那只耗子弄脏的地面。蟋蟀听得出来，"真正的耗子"可不是什么赞美之词。蟋蟀小心翼翼地从地道里跳出来，轻轻地跳过耗子的住处，来到离老鼠家不远的地方。然后，蟋蟀轻柔地说道："晚上好。"

鼠妈妈边打扫边抬起头来说："晚上好。"鼠爸爸走过来站在她身边。

"我不知道你们也住在这栋房子下面，"蟋蟀说，"我住在房子的另一端，你们看，就在那个方向，离这儿有一段距离。"说着，他指了指大概的方向。

"哦，原来是这样。"鼠爸爸说。

"你们这儿住了这么多动物，真热闹啊！"孤独的蟋蟀有些羡慕地说，尽管这里较低的气温并不适合他。

"是的。"鼠妈妈说，"是挺热闹的，尤其是那个'异类'！"

"您在说谁？"蟋蟀问。

"'异类'，就是那只耗子。"鼠妈妈说。

"原来是他。"蟋蟀说。

"他是一只耗子，"鼠妈妈说，"一只真正的耗子，没有比他更肮脏、更贪婪、更自私、更自以为是的了……"

"算了，算了！"鼠爸爸努力安慰她，"不要那么生气嘛。"但是鼠妈妈还是哭了起来。

"请你千万别见怪。"鼠爸爸说，"下雪了，她一直担心食物不够吃，毕竟我们有那么多孩子要养。"鼠爸爸转头看了看睡着的耗子说："那个'异类'声称房子里所有的食物都归他。你看到他睡在地道口下面了吧？就是为了不让我们出去找吃的。他没发现你，是因为你身材小巧，走路没有声音。如果我们想要越过他从地道口出去，那就有麻烦了，而且，还有更糟的呢。"

"说呀！说呀！"鼠妈妈喊道，"他甚至威胁要杀掉我们！"

鼠爸爸温柔地拍拍鼠妈妈。"幸运的是，"鼠爸爸有些骄傲地说，"我发现了一条很棒的秘密通道，在那边的角落里，出口在院子里的灌木丛下面，非常隐蔽。我经常穿过通道，到院子里去寻找食物，那儿常会有洒落的鸟食。但问题是……"

"问题是，"鼠妈妈抽噎着说，"今年冬天下了这么多场雪，气温又低，通道里经常结冰，好几天都融化不了，我们不得不非常节省地吃平常积攒下来的那点食物。"

"我今晚带回家的那些葵花子，"鼠爸爸说，"是我好不容易在通道里捡到的，那里面的冰已经很厚了。房子和仓库里肯定有很多食物，但那只耗子不让我们靠近。他个头太大……"

"胆子更大！"鼠妈妈用讽刺的口吻说。

"对，"鼠爸爸沮丧地说，"这点我得承认，他是比我胆子大。他能经过所有放置捕鼠器的地方而不被抓到！好像他早就知道哪儿有捕鼠器似的。他并不蠢，这点我也得承认。"

"是这样啊。"蟋蟀感觉自己也该说点什么了，

"听到你们有麻烦，我很难过，我真的很难过。希望我能帮上忙。"（以后他还会说这些话的。）

"对了，"鼠爸爸突然高兴地说，"其实并不是什么事都糟糕透顶。如果我们没有水喝，那将会怎样？你能回答这个问题吗？但是我们缺水吗？不缺！这就是答案。也许你会问为什么。"鼠爸爸说着，开始盯着蟋蟀，希望他能问出来。

"为什么？"蟋蟀问。

　　"因为，"鼠爸爸说，"这里的水供应充足。看看你的右边，那就是幸运之水。"他指了指蟋蟀刚到这里时就注意到的那个小水坑。"可能是一段水管漏了，所以我们一直有个很棒的饮水处。"鼠爸爸看了看鼠妈妈，希望她听到后能高兴起来，但是鼠妈妈的表情并没有什么变化。"美美地睡一觉就好了，"鼠爸爸对鼠妈妈说，"太阳每天都是新的。"

　　"对不起！"蟋蟀说，"打扰你们休息了。我该回去了。很高兴认识你们。"

　　"欢迎再来，"鼠妈妈意识到自己刚才有些失礼，"常来玩，我们很高兴你能来。"

　　"我也很高兴。"蟋蟀说。他确实很高兴。

第5章 地下传来的声音

又下了一天一夜的雪，西姆斯爸爸之前清扫出来的通往大路、垃圾桶和车库的路又完全被雪覆盖了。学校放假了，尽管西姆斯想念同学，但他还是挺喜欢放假的。实际上，放假是一种解脱，西姆斯可以暂时不用听老师讲那些枯燥的语法了。

现在，西姆斯有大把的时间做自己想做的事情。他帮妈妈打扫厨房，帮爸爸把混在一起的旧铁钉和螺丝钉分开，装到两个盒子里。接着，他拼了一幅拼图，读了《海角乐园》的三章内容，然后开始期待温暖的天气，即使不能滚雪球。西姆斯躺在床上，盯着窗外。白色的薄纱窗帘外面是一个银装素裹的世界，美是很美，但西姆斯总觉得缺点什么。他从床上起来，坐到发报机前。

西姆斯敲出几行字母和标点符号练习了一下，然后准备敲单词。单词敲起来比较难，他敲得很慢。西姆斯先敲了"你好"这个词，感觉用它开头不错。他又练习了几次，接着敲了"你好，我的名字叫西姆斯"。真是太棒了！他又敲了一句"我是一个九岁的男孩"。西姆斯想，作为一个初学者，自己已经做得很不错了，虽然发得不快，但非常准确。遗憾的是，这个发报机没有和其他发报机连接起来，所以不能把消息传出去。等雪停了，他要让自己的朋友也来学发报，那样就可以互发消息了。西姆斯又练习起来："你好，我的名字叫西姆斯。"他已经找到窍门了："你好，我的名字叫西姆斯。我是一个九岁的男孩。"然而，在他停顿的间隙，发报机竟然有了回应！

"你好。"莫尔斯电码的声音传来。西姆斯的手停在发报机上方。太难以置信了！但听起来确实是莫尔斯电码的声音。

"发报机没有和任何东西连接，不会有人收到消息，"西姆斯自言自语，"这怎么可能呢？肯定是我的错觉，或者是回音。"他决定再试试："你好！"

"你好！""噢噢"的回应又传来了。

西姆斯的手发抖了，但他仍然以最快的速度敲出"我是西姆斯"。

一阵沉默后，缓慢的、不太确定却又毫无错误的回应传来了："我是蟋蟀。"

西姆斯的心立刻提了起来，他以最快的速度敲出："你说你是谁？你在哪儿？"

这次的回应虽然还是很慢，但已经熟练多了："我是蟋蟀，一只蟋蟀。"随后又重复一遍："我是蟋蟀，一只蟋蟀。我在地板下面。我在地板下面。"

西姆斯发现，比起发出信息，接收回应要更难。他非常用心地倾听，尽快地理解。当他领悟这些回应的意思后，还是难以置信。他反复琢磨，几分钟后终于得出了可能正确的结论。"天哪！"西姆斯想，"蟋蟀懂得莫尔斯电码！人们是否知道这一点？我的天哪！这可能是一个新的发现！我终于明白田野里的蟋蟀为什么要叫整个夏天了，原来他们是在发报！"

西姆斯又敲出了"你好"。现在，他发报的速度已经非常快了。

"你好。"蟋蟀回应。

"你那里的情况怎么样？"西姆斯问。

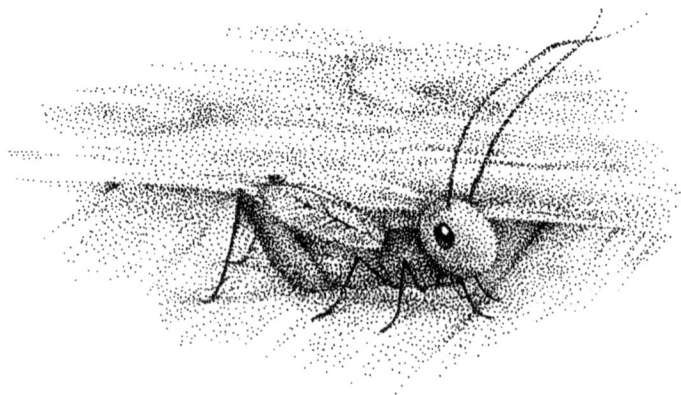

"什么情况？"蟋蟀问。

西姆斯考虑了一下，说："就是和你的生活有关的事情。一切都好吗？"

"要想准确、完整地回答这个问题需要很长时间，但我会认真思考的。"蟋蟀回答，"你那里的情况怎么样？"

如果刚才没有听到蟋蟀的回答，西姆斯会说："还行。"但是现在，他也慢慢地答道："我也会认真思考的。"然后，他问了一个更具体的问题："下面只有你自己吗？"

"不是，"蟋蟀回答，"不过也可以说是。蟋蟀就我一只，但还有其他动物。"

"谁和你在一起？"西姆斯问。西姆斯理解得快，

但发报速度慢；蟋蟀虽然叫得快，但理解得慢。他俩的速度正好合拍。

"这里只有我。"蟋蟀回答，"但是，在房子的另一头可住着一群非常有趣的家伙呢。有老鼠一家：鼠爸爸、鼠妈妈，还有四只鼠宝宝，他们都非常友好。"

西姆斯听了很感兴趣："老鼠！我爸爸要是知道了肯定会疯掉的。你知道有关耗子的事情吗？"

"知道，"蟋蟀说，"的确有一只耗子。"

"就一只？"

"就一只。"

"大吗？"

"超级大！"

"那边还住着什么动物？"

"一只鼹鼠，一只蜘蛛，一大窝蚂蚁。"

"都住在我们这栋房子里？"西姆斯问，"这些动物都住在这栋房子里？"

"都住在这栋房子的地板下面。"蟋蟀回答。

"给我讲讲他们的故事吧。"西姆斯提议。

"我只见过他们一次，还不是很了解，但老鼠一家好像非常忧虑。"蟋蟀回答。

"他们忧虑什么？"西姆斯问。这时，西姆斯妈妈的催促声传来："西姆斯，该上床睡觉了。"

"我必须得上床睡觉了，"西姆斯匆忙地敲着发报机，"我们明天再聊。晚安！"

"晚安！睡个好觉！"蟋蟀回应道。

通常来说，蟋蟀是不会激动的。他们总是彬彬有礼、兴致勃勃的样子，过着平凡的生活。他们的情绪很少会大幅波动，除非是在恋爱中，但这种情况只会在他们同类之间发生。这只特别的蟋蟀今晚体会到了不一样的感觉，这种感觉就是激动。

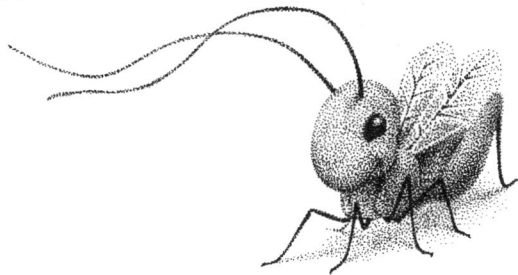

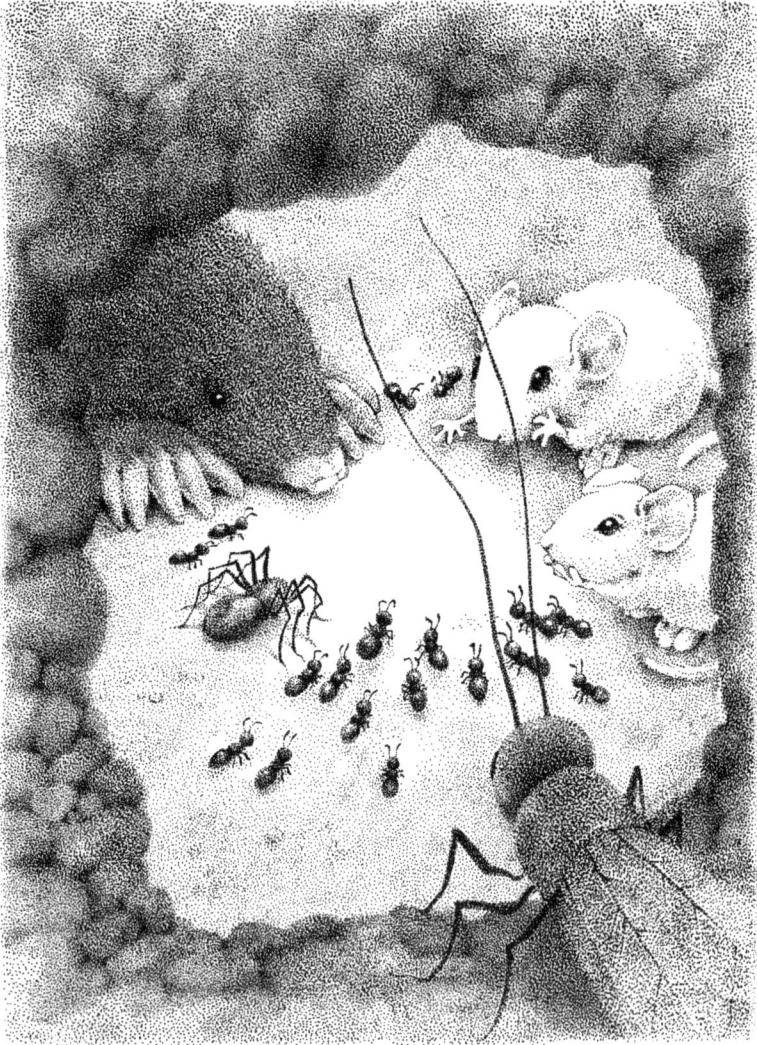

第6章　麻烦来了

蟋蟀睡了一觉，吃了点东西，然后急匆匆地穿过通道，来到地下室。他停下来仔仔细细地看了看周围，接着跳到炉子后面，进入地道。

当他到达地道另一头时，被眼前奇怪又紧张的景象吓了一跳。除了四只熟睡的鼠宝宝和那只耗子，"动物小区"里所有的居民都聚在了一起。

大家围成了一个圈，谈话的声音很低、很紧张。为了听清他们在说什么，蟋蟀往前凑了凑。鼠爸爸第一个发现了蟋蟀。

"很高兴你能来。"鼠爸爸的声音很严肃，"大伙都认识吧？"蟋蟀含蓄地点头致意，显得有些胆怯。

"希望没有打扰你们，"蟋蟀说，"我记得您邀请过我有空再来，所以我就过来了。如果我来得不是时候……"

"真不是时候啊。"鼹鼠忧伤地说，她的声音像没睡醒似的。

"这样啊。我很抱歉，打扰了。"蟋蟀说着，就要走。

"别走。她不是这个意思！"鼠爸爸说，"实际上，你来得正是时候。鼹鼠的意思是说，我们现在住在这儿不是时候。如果你能明白我们的处境，就能理解我们了。"

"我能理解，"蟋蟀说，"到底出什么事了？"

"就是那个'异类'！"鼠妈妈喊道，眼泪夺眶而出，"我们不能再忍下去了！我的孩子们今晚饿着肚子就去睡觉了！"

"那个'异类'抢了我们的存粮！"鼠爸爸沉重地

说，"他直接冲进来洗劫了我们的食物储藏柜！"

"通常情况下，这简直糟透了。"鼹鼠说，她的声音听上去很沉闷。（鼹鼠在冬天通常会冬眠，所以她迷迷糊糊的。）"通常情况下，"她又说了一遍，好像忘了自己要说什么，"通常情况下……想起来了！但是，让我想想，目前，呃，鼠爸爸通往屋子外面的那条通道，呃……"

"那条通道被积雪堵住了。"蜘蛛不耐烦地接过鼹鼠的话。

"所以他们出不去了。"蚂蚁家族的领袖大蚂蚁说。

"除非冰雪融化，否则鼠爸爸就无法出去找食物了。这太糟糕了，我们都很担心。"大蚂蚁指了指其他蚂蚁，他们都点头赞同，"但是，我还是忍不住要说，你们没有做好充分的准备来应付这种突发状况。你们储存的粮食太少了，远远不够。"

鼠妈妈刚才也这么埋怨鼠爸爸，但听了大蚂蚁的话立刻反驳道："鼠爸爸储存了一大包葵花子。一大包呢！"

"即使我储存了足够的粮食，耗子也会全部抢走的。"鼠爸爸说。

"你应该保护好食物储藏柜。"大蚂蚁说，"我告诉你，我们的粮食就藏得非常隐蔽。"

蚂蚁们都点点头。蟋蟀感觉大蚂蚁在这个时候说这些话有点令人不快，但他什么也没说。

鼹鼠睁开眼睛说："他没偷我的东西，因为我在冬天不吃东西，他没什么可偷的。但我实在忍受不了他把咱们这儿弄得乱糟糟的，这里毕竟是我睡觉的地方！"说到这儿，鼹鼠好像想起了她正在冬眠，便继续说道："我们讨论完了吧？我想回去睡觉了。"

"作为旁观者，你怎么看？"鼠爸爸看着蟋蟀说。

"我？"蟋蟀问，"您是在问我吗？"

"是的，"鼠妈妈说，"你是怎么想的？"

蟋蟀觉得这真是一个不同寻常的夜晚，而且这个问题也真的难以回答。蟋蟀既不习惯被提问，也不习惯思考答案，地窖阴冷的空气让他感觉寒冷，这样一来他的语速也变慢了。这是很奇怪的现象，但确实是这样。

在夏天最热的时候，蟋蟀叫得最快。随着气温的降低，蟋蟀叫声的频率也变低了。因此蟋蟀非常缓慢地回答："这听起来真让人难过，好像……"

"我的天哪！"蜘蛛说，"你也像鼹鼠一样，说着话就会睡着吗？"

"不是的，"蟋蟀抱歉地说，"我不累，只是觉得有些冷。"

"哦，亲爱的！"鼠妈妈说，"你千万别感冒了，快到我和鼠爸爸中间来，我们给你暖暖。"于是蟋蟀跳过去，舒舒服服地依偎在鼠爸爸和鼠妈妈中间。他们柔软的毛像睡袍一样裹住了蟋蟀。

"对了，你刚才是不是说我们应该采取行动？"大

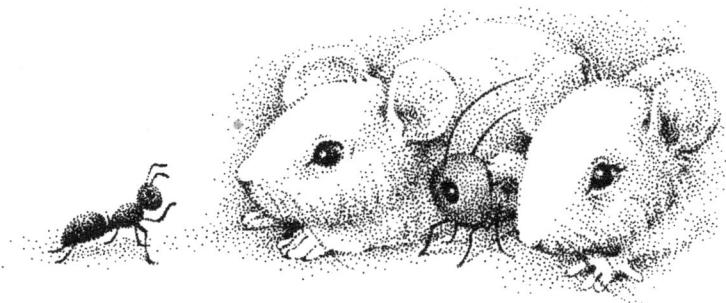

蚂蚁说。

"我说的？"蟋蟀问，声音有些低沉，"我不记得……"

"你说得对，"大蚂蚁说，其他蚂蚁也纷纷点头，"因为过不了多久，那只耗子就会冲进我们家族的蘑菇屋了。"

"你们还有蘑菇屋？"蟋蟀问。

"是我们种蘑菇的地方。"大蚂蚁回答，其他蚂蚁仍在点头。

"但是我们已经采取行动了。"鼠妈妈说。

"采取了什么行动？"蟋蟀问。

"我们试着把耗子逼走。"鼠妈妈说。

"对他不理不睬。"蜘蛛说。

"让他感觉到被大伙排斥。"大蚂蚁说。

"结果怎么样？"蟋蟀问。

"他一点儿都没有察觉，"鼠妈妈说，"一点儿都没有。"

这时，从地道口传来沙沙的声音，那只耗子的脑袋从地道里探了出来。他闷闷不乐的，"别再靠近储藏室了，"他说，"男主人放了一连串的捕鼠器。他真的很聪明！但我比他更聪明。我现在感觉有点饿了。"他挑衅似的耸了耸肩，踩过蚂蚁窝的入口，闯进老鼠家翻了个底朝天，捡起仅剩的几粒葵花子。

"你这只臭耗子！"鼠妈妈尖叫着，痛苦地哭了起来。耗子好像什么也没听见，无耻地在老鼠家折腾着，吵醒了鼠宝宝。他慢慢地爬过居住区，回到他邋遢的住处，一头扎进那堆破布片里睡着了。

鼠妈妈跑回去，让鼠宝宝们重新躺好睡觉。年龄最大的鼠宝宝问："他为什么闯到咱们家来抢吃的？"

"因为他是一只耗子，"鼠妈妈说，"他在上面找不到吃的，所以来抢我们的。还因为他个头大。"鼠宝宝继续睡觉了。鼠妈妈跑回来继续开会。

耗子睡着后，大家说话的声音更低了。蜘蛛看了看蟋蟀，说："刚才的一幕你都看到了吧？有什么想说的？"

蟋蟀说："既然您问到了我，恕我冒昧，我觉得暗示和建议对耗子都无效。如果是我，我会开门见山，直接对他说'听着，伙计'，或者是别的能达到这种效果的开场白。我会说：'听着，伙计，我们要求你注意整洁，多考虑我们的感受，最重要的是，不准再偷我们的食物，要和我们同舟共济。否则，我们就把你赶出去。嗯，把你驱逐出去。'"

鼠爸爸疑惑地看了看蟋蟀，而鼹鼠这时已经鼾声阵阵。"听起来很有道理，我们可以试试。你去试试。"鼠妈妈对鼠爸爸说。

"什么？让我去？"鼠爸爸问。

"当然是你了。"蜘蛛说。

"现在就去？"鼠爸爸问。

"就是现在。"鼠妈妈说，"如果我们现在不这么做，可能永远都不会做了。快去！"

"唉！好吧。"鼠爸爸看起来紧张不安。他回头看了看大家，慢慢地走向耗子睡觉的地方。鼠爸爸轻轻地戳了戳耗子，耗子打着呼噜翻了个身，鼠爸爸吓得往后跳了一下。耗子没有醒，继续睡着。鼠爸爸又往前靠了靠，使劲戳了戳耗子。耗子醒了，眯着眼看着鼠爸爸。鼠爸爸屏住呼吸，好像忘了此行的目的。

"听着，伙计。"鼠妈妈小声给他提示。

"听着，伙计。"鼠爸爸的声音小得连自己都听不到，"听着，伙计。"他的声音稍微大了一些，这让他鼓起了勇气，"你得把你自己、你的东西和你住的地方都收拾干净，要尊重我们，多考虑考虑我们的感受。耗子也得有素质。否则，我们就把你驱逐出去！"

"驱逐出去！"蜘蛛又重复了一遍。

耗子盯着鼠爸爸，粗暴地问："你把我吵醒就是为了告诉我这些吗？"

"是的，"鼠爸爸说，"把你弄醒就是想告诉你这些。"

"考虑你们的感受？那你们也考虑考虑我的感受。走开，走开！我要睡觉。"耗子说完翻了个身，背对着鼠爸爸和其他动物。

"他就是那样！"鼠爸爸回到会议区，"看到了吧？他就是那样，没希望了。"

"想要和他讲道理是根本不可能的，"鼹鼠抱怨道，"他眼里只有自己，根本不会考虑别人。"

"除了抢别人东西的时候。"鼠妈妈哽咽着。

"我们还是继续忍吧。"大蚂蚁的态度软了下来，其他蚂蚁也点点头。"耗子不怕我们不理他，也不怕吓唬，把他赶走更是不可能。我们还能有什么办法？只能忍了。"

"你当然可以这么说喽，反正他也没给你造成什么损失。"鼠爸爸说。

"谁说没有？他踩过我们家门好几次了。"大蚂蚁说，"真是受不了。但有什么办法呢？"

"或许有一个办法，"蜘蛛沉思着，"或许真的有一个办法。"

"什么办法？"鼠妈妈喊道。

"我会好好想想，明天耗子出去以后咱们还在这儿开会，我到时告诉你们。你会来吗？"蜘蛛问蟋蟀。

"我一定来。"蟋蟀说，"希望我能帮上忙，真的。"

和人类一样，蟋蟀会被别人的不幸触动，他希望能提供帮助！有时候，就是因为有这种愿望，再加上天时、地利、人和，蟋蟀就会做成大事。虽然最终的结果有时并不是他真正希望的。

第 7 章　蟋蟀报告

那天晚上和第二天上午一直都在下雪，连西姆斯的妈妈也开始担心储存的食物是否足够过冬。她在第二天吃晚饭的时候说："面包可能会有点干，因为大雪封了路，送牛奶的人来不了，没法做新鲜的面包。"

"没关系，"西姆斯的爸爸说，"有什么就凑合着吃什么吧。"

令人奇怪的是，西姆斯在吃晚餐时没怎么说话，而且很快就吃完了。收拾完餐桌后，他迫不及待地回到自己房间，关好门，然后坐在发报机前发信息："呼叫蟋蟀！呼叫蟋蟀！"

蟋蟀也和西姆斯一样急迫地想开始这次谈话。事实上，他已经在西姆斯房间的地板下面等了好久，至于到底有多久他也说不清。

"呼叫蟋蟀！"

"蟋蟀收到！"蟋蟀的叫声立即传来。

"我是西姆斯，你那里的情况怎么样？"西姆斯敲着发报机。

蟋蟀已经想好怎么回答这个问题了。"我这里发生了很多事，有些是关于我自己的，我不想说这些来烦你。"蟋蟀叫道。

"我不会嫌烦的。"西姆斯敲道。

"我相信。"蟋蟀又叫道，"简单说吧，除了一样东西外，生活必需的我都有了，情况还不错。可惜，不是每个人都生活得这么如意。你的情况怎么样？"

"我遇到了一些麻烦。"西姆斯敲道，"我有很多不错的想法，但是没人关心，没人愿意听。"

"我愿意听。"蟋蟀叫道。

"好啊！那以后我就都告诉你。现在先给我说说那家老鼠的情况吧。"西姆斯敲道。

"他们的情况很糟，他们遇到麻烦了。"蟋蟀叫道。

"什么麻烦？"西姆斯以最快的速度敲着发报机。

"就是那只耗子。"蟋蟀叫道。

"耗子？"西姆斯敲道，"耗子怎么了？"

"他是整个'动物小区'的威胁，"蟋蟀叫道，"他粗鲁暴躁、贪婪无耻，抢走了老鼠家的食物！下雪天本来食物就难找，而现在老鼠夫妇已经

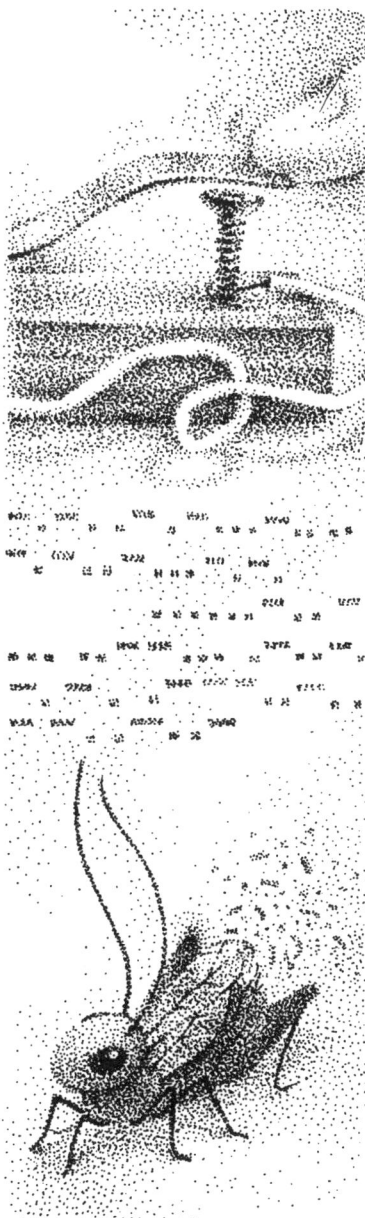

没什么东西可以喂鼠宝宝了。"

"我们这里的情况也一样，送牛奶的人都因为大雪封路来不了了。"西姆斯敲道。

"通道被雪封住了，所以鼠爸爸没办法出去找食物。今晚鼠宝宝们又要挨饿了。"蟋蟀叫道。

西姆斯想出了一个主意，敲道："我可以在厨房里给他们撒点面包屑。虽然我爸爸如果知道了就会暴跳如雷，但我愿意冒这个险。"

"可是他们到不了厨房，"蟋蟀叫道，"耗子霸占了通往厨房的地道口，他不会让鼠爸爸进去的。你这样做实际上是在帮耗子。"

"可是我们必须得做点什么呀。"西姆斯敲道。

"大家都在想办法，"蟋蟀叫道，"鼹鼠、蜘蛛、蚂蚁，当然还有老鼠一家，都在想办法。"

"我爸爸也在想办法，他放了捕鼠器。"西姆斯敲道。

"我听说了，他非常聪明。"蟋蟀叫道。

"是的，我爸爸的确很聪明。"西姆斯听了蟋蟀对爸爸的赞美后感到很自豪，"你还会和老鼠他们碰面吗？"

"今晚我会再去，不过得等耗子出去以后。"蟋蟀叫道。

"可是，他们能做什么呢？一只鼹鼠、一窝蚂蚁、一只蜘蛛、几只老鼠，能有什么办法呢？"西姆斯敲道。

"他们会尽力而为。"蟋蟀叫道。

"明天告诉我他们的办法吧。"西姆斯敲道。

"好的，我会告诉你的。"蟋蟀叫道。

"那么，晚安。"西姆斯敲道。

"晚安，好梦。"蟋蟀叫道。

第**8**章 会议

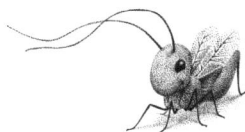

蟋蟀计算时间的方式和人类是不同的。例如，如果以温暖的一天作为计算标准，那么寒冷的一天对于蟋蟀来说就要漫长得多；和爱人共进晚餐的时间让蟋蟀感觉很短，而一个人孤零零吃饭的时间就很长。要是按人类的时间标准来衡量，蟋蟀的这种计时方式相当不准确，不过蟋蟀们并没感觉有什么不妥。

蟋蟀独自度过漫长的晚餐时间后又小睡了一会儿，醒来后感觉好像有件事要办。在过去的几天，他一直处于兴奋状态——去见地窖里的朋友，和西姆斯交谈——这让他有点犯晕。过了好一会儿，他才想起要去参加"动物小区"的会议。他急匆匆地赶往地下室，现在他对这条路已经很熟悉了。

他迟到了。如果了解蟋蟀的计时方式，就没什么好奇怪的了。当他到达"动物小区"的时候，会议已经开始了。他悄悄地走近朋友们。

鼹鼠正要结束发言："……最让我受不了的是，耗子竟然不知道自责和悔改。"

"你怎么知道他没有自责呢？也许他心里已经懊悔了。原谅我打断了你的话。"蟋蟀说。

"没关系，很高兴你能来。"鼠妈妈说。

"自责不一定非要说出来，"鼹鼠非常缓慢地说，"但可以让我们看到或者感觉到。从他的眼神、说话的声音，甚至他睡觉的样子，我们并没有看到或者感觉到，完全没有。"

"因为他心里根本就没有爱。"鼠妈妈说。

蟋蟀没有回应，心里默默地揣摩着这句话。

"那么，就按照我们决定的办。"鼠爸爸说，他好像是会议的主持人。大家都郑重地点了点头。

"你们决定做什么？"蟋蟀问。

"在你来之前，大家做出了一个重大决定。"鼠爸爸回答道。

"是的，我们决定干掉他。"蜘蛛说，他顺着低低的横梁上一根细长的蛛丝爬了下来。

"决定什么？"蟋蟀喊道。

"决定把他干掉。"大蚂蚁说。

"杀死他。"鼠妈妈说。

"杀死他？"蟋蟀惊讶地环视了一圈。

"正是这样！"鼹鼠回答道。

蟋蟀感到一阵寒意，所以说话的语速变慢了。"不！

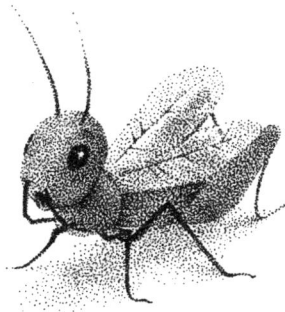

不能那样做！"他喊道。蟋蟀很疑惑，生活这么冷酷吗？在他的生活里，他并没有意识到呀。蟋蟀生活的乐趣在田野间，在一群同伴的叫声中，在冬季温暖的新家里，在爱人的情意中，也在他的孤独里。"不，不能杀死他！"

鼠妈妈温柔地对他说："我知道你的感受，但这是唯一的办法。没有其他办法能让耗子停止胡作非为，能想的我们都想过了。耗子麻木不仁，即使我们点名道姓地指责他或孤立他，也无济于事，他完全不在乎，而且我们也没有足够的力量把他赶出去。这是救我孩子的唯一办法。"

鼠妈妈和蟋蟀继续争论着，蟋蟀慢条斯理地反对着，他们相持不下。

"但问题是我们怎么杀死他呢？"鼹鼠说，她在这方面完全没有经验。

鼠妈妈首先勇敢地说："我们可以咬死他。"

蟋蟀听后瑟瑟发抖。

大蚂蚁说："这个办法不可行。首先，一只耗子的

力量可以顶十只老鼠。其他的原因就不必说了吧？"所有的蚂蚁都点点头。

"大蚂蚁说得对！"蟋蟀喊道，"鼠妈妈，放弃这个想法吧。"

"但是，"大蚂蚁继续说，"当他睡着的时候，我们所有的蚂蚁或许可以爬到他身上，把他咬死。"这一次，没有一只蚂蚁点头。蟋蟀突然感觉很虚弱，鼠妈妈也觉得有点疲惫。

"这个办法太不靠谱了。"蜘蛛说，"也许我可以织一张网，在他睡觉的时候把他罩住。"

"你的网够结实吗？"鼠爸爸问。

"可能不怎么结实，"蜘蛛回答，"但这是我唯一能做的事了。而且是我首先提出要杀死耗子的，所以我必须做点什么。"

鼠妈妈哭起来了："如果我们杀不了他，我的孩子们就要饿死了。要么大雪能在一夜之间融化，要么我们就干掉他，没有别的办法了！"

蟋蟀知道，雪不会在一夜之间融化。

会还没开完，耗子就回来了。他大摇大摆地爬进来，脸上沾满了面包屑。在经过老鼠家卧室的时候，他把两只小老鼠踢到了冰凉的地上，而他根本不在意。"他们移动了捕鼠器！这些笨蛋！"他说，"我搞得他们惊慌失措，一群蠢猪！好啦，晚安。"说完，耗子倒头就睡，也不管脸上的面包屑和脚上的泥。蟋蟀盯着耗子那张熟睡的脸，根本看不出一丝愧疚。

突然，一股可怕的寒气袭来，蟋蟀被冻透了。他的眼睛冰凉，翅膀冰凉，说话的语速变得非常慢，几乎听不出他说了什么。他说："好吧，也许我可以帮助你们。"说完，蟋蟀离开了"动物小区"。

第9章　唯一的办法

那晚，蟋蟀没有睡。他蜷缩着，一直在发抖。他感觉生命如此沉重，黑夜如此漫长。

第二天早晨又下雪了，中午才停。当蟋蟀在地板下面发抖的时候，西姆斯在帮爸爸铲雪，从前院到大门、后门到车库分别铲出了一条路。太阳在厚厚的乌云中时隐时现。下午，送奶车送来了牛奶，西姆斯的妈妈烤出了新鲜的面包。

铲完雪回到房间，西姆斯听到了蟋蟀发出的信号：

"蟋蟀呼叫西姆斯！蟋蟀呼叫西姆斯！"

这是蟋蟀第一次主动呼叫他，西姆斯十分兴奋，马上跑到发报机前，敲道："西姆斯收到！"

蟋蟀没有时间客套，开门见山："请告诉我雪停了吗？"他的语速比平常要慢。

"是的，"西姆斯飞快地敲着发报机，"雪停了。"

"你觉得今天雪能融化吗？"蟋蟀叫得快一点儿了。

"不能，"西姆斯敲道，"今天化不了。我爸爸说雪太厚了，而且温度太低。"

蟋蟀没有回应，因此西姆斯继续敲道："你还在吗？"

　　"我在呢。"蟋蟀说。他又停了一会儿才接着说："我觉得我们可以互相帮助。"他叫得太慢了，西姆斯有点着急，因为他现在发报已经相当熟练了。

　　"互相帮助？怎么做？"

　　"我可以帮你抓到那只耗子。"

　　"抓住耗子？怎么抓？一只蟋蟀怎么抓耗子？"

　　"是你去抓住他。"

　　"但是我怎么能抓住他呢？"西姆斯问，"连我爸爸都抓不住。"

　　"我会告诉你在哪儿放捕鼠器。"蟋蟀说，"要想救老鼠一家必须这样做，这是唯一的办法。"蟋蟀向西姆斯解释："这是救他们一家唯一的办法。至于你，如果能抓住耗子，你爸爸肯定会非常高兴。"蟋蟀感觉要继续说服西姆斯，"也许他以后会对你的想法更加关注。"他机灵地补充道。对于没有心机的蟋蟀来说，能这样说真是令人惊奇。

　　"太棒了！那么我该怎么做？"西姆斯问。

蟋蟀告诉西姆斯："地下室的炉子后面有一条地道，就把捕鼠器放在地道口，趁耗子在睡觉，赶紧放好。"蟋蟀心里很难受，没再说别的，甚至连"再见"都没说。

他跟西姆斯一说完就飞快地穿过房子，来到地下室，跳进炉子后面的地道。耗子还在他的破布堆里睡觉，蟋蟀从他身边跳过的时候都不忍心看他。这么早就见到蟋蟀，鼠爸爸和鼠妈妈都觉得有些奇怪。

蟋蟀没有浪费时间问好，轻轻地说："你们一定不能！再重复一遍，你们一定不能！你们中的任何一个，今晚一定不能出地道！不管你们有多饿，不管有什么事，一定不能出地道！"蟋蟀紧张地扫了一眼熟睡的耗

子，继续说，"明白了吗？"

鼠爸爸盯着蟋蟀问："怎么回事？"

"我不想说。"蟋蟀说。

"说吧，"蜘蛛插话道，"怎么回事？"

"那里放了一个捕鼠器。"蟋蟀为难地说。

"哪里？谁放的？"蜘蛛和鼠爸爸问。

"我不能说。"蟋蟀说，"只有我自己知道就行了。"他真正的意思是，要解释的事情太多了。

在阳光房下面，动物们都早早地回到了自己的住所，他们很安静，没有任何说话声。耗子像往常一样，打着很响亮的呼噜，他只有在晚上出去觅食的时候才会起来。鼹鼠似睡非睡，蜘蛛在网上坐立不安，蚂蚁们在窝里忙碌着。

突然，一只小老鼠从睡觉的地方跳了出来，向地道的方向跑去。

"别去！"鼠妈妈喊道，她立即跳起来追了上去。鼠爸爸以更快的速度超过鼠妈妈，抓住了小老鼠的尾巴。

"你要去哪儿？"鼠爸爸喊道，把小老鼠紧紧地抱住。

"去给爸爸妈妈和弟弟妹妹们找吃的，"小老鼠气喘吁吁地说，"我从耗子的旁边爬过去，不会把他吵醒的，我能做到。"

鼠妈妈哭了起来，鼠爸爸极其严厉地看了一眼小老鼠，命令道："马上回到床上去，不然你会被杀死的！"

"会被谁杀死？"从地道口的方向传来了很大的问话声。耗子被吵醒了。

老鼠一家像被施了魔法一样立刻呆住了。蜘蛛说："好戏上演了！"

鼠爸爸努力使自己镇定，威严地说："我们在讨

论私事，请不要打扰我们。"然后他对鼠妈妈和小老鼠说："我们去睡觉吧，没有东西吃很快就会疲倦的。"

"所以我才要……"小老鼠嚷道。

"够了，闭嘴！"鼠爸爸大喊，然后推着鼠妈妈和小老鼠回到了他们睡觉的地方。

那只耗子完全醒了。他伸了伸懒腰，打了个哈欠，抖了抖身子，闷闷不乐地看了看四周，发现所有动物都在看着他。耗子问："你们在看什么？怎么了？"

"没看什么，"蜘蛛说，他趴在墙上，离耗子比较远，"就是在看你……没看别的。"

"嘘！"鼠妈妈提醒蜘蛛。耗子气急败坏地叫了一声，跳起来撩了一下蜘蛛网，然后扯下一块。他又抖了抖身子，走了几步，其他动物继续默默地注视着他。

耗子最后说："唉！这真是个令人讨厌的地方。我要出去好好吃一顿了。"说着，他就大摇大摆地向地道走去。

"咔嗒！"所有的动物都听到了。那声音是如此恐怖，像鞭子抽在身上一样恐怖，像大树倒下一样恐怖，像海上的暴风雨一样恐怖……像捕鼠器一样恐怖。

鼠爸爸"唉"了一声，声音里没有丝毫满足感，只有无可奈何。鼠妈妈尖叫了一声。蚂蚁们都摇摇头。鼹鼠刚才还打着瞌睡，听到声音立即醒了，屏住了呼吸。蜘蛛一直在修补他的网，听到响声后掉了一根丝。所以当他补完网，大家一看到那个没有补好的地方，就会想起耗子在那一刻被捕鼠器捉住了。

在西姆斯房间的地板下面，蟋蟀听到那个响声后，平生第一次哭了。实际上，蟋蟀没有流泪，因为他没有眼泪，喉咙不会哽咽，鼻子也不会流鼻涕。但是，他确实哭了。对于一种生性快乐的昆虫来说，这是非常痛苦的经历。

当蟋蟀停止哭泣的时候，他感到筋疲力尽，没有体会到那种大哭一场之后通常会有的放松和解脱感。他很疲倦，心中向往着温暖的阳光、清新的绿草，并且深深地思念着他的爱人。

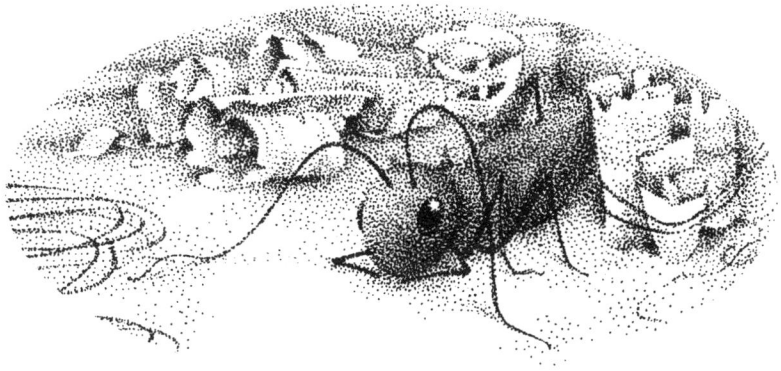

第*10*章　这就是全部

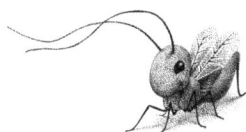

不管日历上怎么规定，耗子被杀死的那个晚上都是一年中最漫长的夜晚。西姆斯睡得很不安稳，时不时地去检查他放置的捕鼠器。蟋蟀也是彻夜无眠，备受煎熬，长夜漫漫似乎没有尽头。凌晨的时候他才打了一个盹儿，然后就被一种熟悉的声音叫醒了。

"我是西姆斯，我是西姆斯，"发报机的声音传来，"呼叫蟋蟀！呼叫蟋蟀！我是西姆斯。"

蟋蟀晃了晃头，努力让自己清醒过来，然后说："蟋蟀收到！"

"我们抓住他了！"西姆斯飞快地发报，他很兴奋，"我们抓住他了！我刚刚给他举行了葬礼。"

"是吗？你做得很好，非常好。你知道，我们没有其他办法。"蟋蟀说。

"我知道。"西姆斯说。

"你爸爸怎么说？他表扬你了吗？"蟋蟀问。

"我还没来得及告诉他，他就出去了。"西姆斯皱了皱眉，"但是，有一个可怕的问题。"

"什么问题？"蟋蟀问。

"本来我打算爸爸一回来就告诉他的，但是恐怕他会问我在哪儿放的捕鼠器。如果我告诉他，他就会……"

蟋蟀明白问题所在了，他自己都没有想到这一点。男孩比蟋蟀有先见之明。

"你的意思是，他会在那儿放更多的捕鼠器，甚至抓住老鼠一家？"蟋蟀小心翼翼地说。

"是的，"西姆斯说，"他甚至可能把洞挖开。我不知道该怎么办，这真是个难题。"

"是啊，是个难题。"蟋蟀表示同意。

"你知道的，我爸爸也不怎么喜欢老鼠。"

"他确实不喜欢。"蟋蟀说，他很清楚这个难题只有一个人能解决。

"我非常想让爸爸知道是我抓住那只耗子的。"西姆斯敲着发报机。

蟋蟀表示赞同："当然，这是你的好点子。"

"但是，如果我告诉他……不，我不能告诉他。就这样，我不告诉他。"

蟋蟀觉得美好的感觉又回来了。他现在叫得更快了："我相信你做出了正确的决定。"

"你真的这样认为？"西姆斯问。

"是的，我确实这样想。"蟋蟀说，"做这个决定不容易，但感觉很棒。"

"我也感觉很棒。"西姆斯说。

现在，蟋蟀的乐观天性又回来了。他感觉就像第一次看到天空时那样快乐，叫声也更清脆悦耳了："西姆斯，感觉怎么样？"

"棒极了！"西姆斯说。

"那就好，"蟋蟀说，"告诉我，你有……你有……"蟋蟀的声音小得几乎听不到了。

"有什么？"西姆斯问。

"有深爱的人吗？"蟋蟀终于大声叫了起来。

西姆斯不确定自己是否听清楚了："请再重复一遍。"

蟋蟀的声音很轻柔。"深爱的人，"蟋蟀说，"你有深爱的人吗？"

西姆斯笑了起来，随后又变得很严肃。从来没有人问过他这个问题。他认真地思考着，想到了妈妈、爸爸、奶奶、爷爷，还有他的朋友们……然后他回答道："我想我有。没错，我有。"

"那太好了！"蟋蟀说，"太棒了！西姆斯，你能帮我发报吗？我非常……非常想给……一个朋友发报，你能帮我吗？"

"我一定尽力而为，但是我不确定能不能做到。如

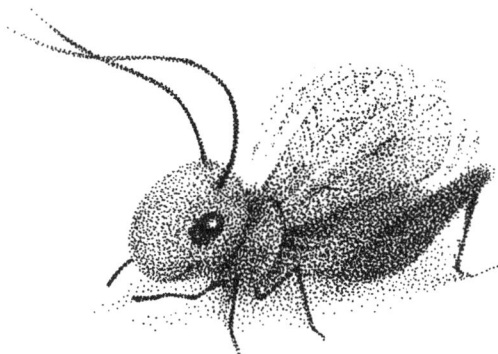

果在很远的地方，我就没办法了。你的朋友在哪儿？"

"在你家车库的阁楼里。"蟋蟀说。

"那没问题。"西姆斯说，"需要我发些什么呢？"

"你就这样发。"蟋蟀叫了一段西姆斯完全听不懂的信息。

"对不起！"西姆斯敲道，"我是不是把电码搞混了？我怎么一点儿也不明白你的意思。"

"这不是你们人类的语言，是蟋蟀的语言。"蟋蟀说，"你能不能记住这些声音，然后用电码发出去？"

"哦，原来是这样。没问题。你叫吧，慢一点儿。"西姆斯记住了蟋蟀对他未婚妻的倾诉。

"如果她回答了，"蟋蟀说，"你能不能记住她叫的内容？不过她也有可能不回答。"

"没问题。趁我现在记得住，我马上就去发。"西姆斯立刻顺着新铲出的路来到车库。

他沿着狭窄的楼梯爬到车库的阁楼，站在最高的一级台阶上，看了看阁楼里堆放的旧自行车轮胎、锹把儿、空油漆桶，但没看到什么昆虫。西姆斯从口袋里拿出发报机，放在阁楼的地板上。他一丝不苟地敲出蟋蟀的信息。

之后，阁楼里没有一点儿动静，只能听到风吹屋顶上的雪的声音。过了一会儿，从阁楼的一个角落里传来了非常轻、非常慢的回答。

西姆斯准备好了，记住了每一声回答，然后飞快地跑回房间。

"给蟋蟀的信息。"西姆斯敲道。

"请讲。"蟋蟀说。

　　"她的回答和你发出的信息一样。"西姆斯说，

"一模一样！"

　　突如其来的幸福冲昏了蟋蟀的头脑。做一只蟋蟀真

好！"谢谢你，西姆斯，谢谢！"蟋蟀说。

　　"还有别的事吗？"

　　"没有了。"蟋蟀说，"这就是全部。"

蟋蟀小巧又伶俐，是大自然创造的富有诗意的精灵。而一只坠入爱河的蟋蟀会多愁善感，会为爱陶醉。无论如何，他在恋爱中表现得非常完美。

一个九岁男孩，相当聪明，如果有人愿意用心倾听他的想法，他会滔滔不绝。然而事与愿违，人们通常不会对一个九岁男孩的想法感兴趣，甚至会充耳不闻、完全忽略。即使有些大人愿意听，他们也总是匆匆忙忙的，不会真正把他的话放在心上。这种情况可不怎么样。

但是，也许就在一个偶然的机会，男孩做了一件非常美好的事，而他自己完全没有意识到。但这不要紧，因为一切已经足够了。事实上，那一刻他感觉相当好。